AF600023

Jinetes del cierzo

Irene Vallejo

Premio de las Letras Aragonesas 2023

Patrocinado por

ENATE

Jinetes del cierzo

Irene Vallejo

El 8 de mayo de 2023, el Gobierno de Aragón concedió a Irene Vallejo Moreu el Premio de las Letras Aragonesas 2023, a propuesta de un jurado presidido por Tomasa Hernández Martín, consejera de Presidencia, Interior y Cultura del Gobierno de Aragón, y en su nombre Pedro Olloqui Burillo, director general de Cultura, e integrado por Pilar Aguarón Ezpeleta, escritora y presidenta de la Asociación Aragonesa de Escritores; Antón Castro, escritor y periodista; José Luis Melero Rivas, escritor y bibliófilo; Julia Millán Sanjuán, librera; María Ángeles Naval López, profesora de la Universidad de Zaragoza; y Abigail Pereta Aybar, jefa del Servicio de Fomento y Difusión de la Cultura y el Libro, que actuó como secretaria.

El jurado propuso a Irene Vallejo Moreu por «ser el mejor exponente del gran momento que viven las letras aragonesas, de un fenómeno colectivo de la que es fiel representante. Asimismo, por la proyección personal de su trayectoria, iniciada con sus estudios del mundo clásico en la Universidad de Zaragoza, por su apoyo al sector del libro aragonés, por la calidad y repercusión de sus obras y por su entrega con los lectores».

Ilustración de cubierta:
Jesús Cisneros

Edita: Gobierno de Aragón

Imprime: INO Reproducciones, S.A.

I.S.B.N.: 978-84-8380-499-5

Depósito Legal: Z-1022-2024

Presentación

En el entorno del Día de Aragón y del Día del Libro, como es habitual, se hace entrega de la mayor distinción literaria de nuestra comunidad: el Premio de las Letras Aragonesas. Con este galardón se quiere reconocer la trayectoria y la labor de nuestros creadores, de nuestros escritores y personas vinculadas con el mundo del libro, de aquellos que se han volcado a lo largo de su vida en las letras y que, por lo tanto, han realizado y dejado a la sociedad una destacada nómina de obras, así como de proyectos y actividades que completan y complementan la edad dorada que vive la cultura aragonesa.

En este 2024 se cumplen treinta años de la primera concesión de esta distinción, en aquella ocasión al recientemente desaparecido Eloy Fernández Clemente. Desde entonces, se ha ido conformando una larga y notoria lista de figuras fundamentales en el panorama de las letras y del libro de Aragón, a los que se suma ahora el nombre de una escritora cuyos últimos éxitos la han llevado hasta los rincones más insospechados y lejanos del planeta: Irene Vallejo Moreu.

Desde su primer ensayo, *Terminología libraría y crítico-literaria en Marcial* publicado en 2008, se han ido sucediendo sus títulos de diversa índole, casi siempre teniendo al mundo clásico grecolatino como hilo conductor: desde los que recopilaban sus artículos periodísticos (*El pasado que te espera*, *Alguien habló de nosotros* y *El futuro recordado*) hasta sus aproximaciones al mundo juvenil (*El inventor de mareas*, junto a José Luis Cano, y *La leyenda de las mareas blancas*, acompañada en esta ocasión de Lina Vila); desde sus novelas *La luz sepultada* y *El silbido del arquero* hasta su *Manifiesto por la lectura*, un precioso alegato en favor del libro, de la lectura, de las librerías, de las editoriales, de las bibliotecas y, por supuesto, de las escuelas.

Pero, sobre todo, *El infinito en un junco*. Un elaborado ensayo de gran atracción por su escritura, por su hilo conductor, por todo lo que transmite, por todo ese saber de Irene Vallejo condensado en unos centenares de páginas maravillosa y deliciosamente escritas. Nacido a la luz de las bibliotecas florentinas, en sus páginas se descubrirá la historia de los libros y los soportes del mismo. Una obra que ha sido acogida de forma extraordinaria entre la crítica y los lectores, además de haberse convertido en un verdadero fenómeno editorial internacional, como dan cuenta sus más de sesenta ediciones en España, su traducción a cuarenta idiomas y su publicación en más de sesenta países.

Premio que se entrega por unanimidad del jurado, y que viene a corroborar el momento dorado de las letras aragonesas, de sus creadores y del mundo del libro en general. Buena prueba de ello son los distintos nombres que, habiendo iniciado en esta tierra sus andaduras, están siendo publicados y requeridos en la actualidad por sellos de ámbito nacional, están recibiendo los más notorios premios literarios y están siendo traducidos a diversos idiomas. Vivimos, por tanto, una época dorada en las letras aragonesas y del mundo de la cultura de Aragón.

Jorge Azcón Navarro
Presidente del Gobierno de Aragón

1 - La Feria de los Libros y los Libres

Buenas tardes. Bienvenidos todos y cada una. Feliz feria, autoridades. Feliz feria, autores, autoras, autónomos, autoeditores, autodidactas, autoestopistas (un poco de todo eso somos las gentes del libro). Felices quienes estáis aquí porque los libros os llaman con sus voces silenciosas, con su invitación muda, con su bullicio inaudible. A los libreros, editores, escritores e instituciones que han confiado en mí, quiero expresarles mi asombrada gratitud. Me hace inmensamente feliz pregonar la alegría de esta Fiesta en mi ciudad natal, junto al río Ebro y el río de libros que en estas casetas fluye y corre y serpentea. El viejo nombre de Cesaraugusta incluye la palabra *gustar.* Zaragoza, la palabra *gozar.* No hace falta decir más: somos la ciudad de los placeres. Y eso incluye el gusto de leer y hacer libros.

Si, como dice el refrán, las palabras se las lleva el viento, aquí tenemos cierzo para todos los relatos del mundo. Nuestra ciudad ha estado desde siempre en el atlas de las letras viajeras, de los encuentros aventureros, de los mestizajes literarios, de las posibilidades infinitas.

Abrid un antiguo libro y podréis beber vino añejo en la mesa del poeta Marcial, que hace un par de milenios inventó el epigrama junto al Moncayo y se convirtió sin saberlo en el padre de todos los tuiteros de hoy.

Acompañaréis al viajero egipcio al-Qalqashandí, que describió Zaragoza (o, para ser exactos, Saraqusta) con palabras rebosantes de poesía: «La ciudad parece una motita blanca en el centro de una gran esmeralda —sus jardines— sobre la que se desliza el agua de cuatro ríos transformándola en un mosaico de piedras preciosas». Escucharéis por un momento los versos del rey poeta al-Muqtadir, el Poderoso, constructor de la Aljafería, a la que llamó «palacio de la alegría».

Sentiréis que el suelo zaragozano vibra bajo el galope de los caballeros de la *Chanson de Roland* y el caballo del Cid. Podréis espiar al Marqués de Santillana cuando se fijó en una moza atractiva cerca de Trasmoz y quiso camelarla con versos. El poema nos cuenta cómo ella, chica recia, muchos siglos antes del *#MeToo*, lo amenazó con una pedrada si se propasaba.

Voces de otros tiempos os hablarán de esta tierra sedienta, tierra de río grande, de frontera, de puentes y pasarelas, de mestizos y traductores. La frontera es el lugar donde se escuchan las voces procedentes del otro lado, donde se forja el entendimiento, donde convive lo extranjero junto a lo propio. Somos el eco del musulmán Avempace; del judío Ibn Paquda —que tituló su libro *Los deberes de los corazones*—; de los traductores de Zaragoza y Tarazona (Hermán el Dálmata, Hugo de Santalla); de los artistas mudéjares, que crearon belleza en el umbral de dos civilizaciones.

Acariciad libros y os transportarán a aquella Zaragoza donde aterrizó la imprenta, que fue una de las primeras capitales europeas en conocer el invento que cambiaría el mundo. Desembarcaron en la ciudad artesanos flamencos y alemanes, como Mateo Flandro y Jorge Cocci, que editó aquí algunos de los libros más bellos del siglo XVI. La fiebre de la letra impresa invadió el territorio. En el siglo XVII hubo veinte libreros y sesenta y tres impresores en Aragón, cifra asombrosa en España. Algunas maravillas de la literatura, como *La Celestina,* de Rojas, o el corrosivo *Buscón,* de Quevedo, vinieron a nacer entre nosotros. Las imprentas zaragozanas publicaban libros prohibidos en Castilla, libros perseguidos, libros deslenguados, libros que ardían fácilmente. Los rebeldes, los inconformistas, lo tenían un poco más fácil aquí.

Quizá por eso don Quijote puso rumbo a Zaragoza, y se miró en el Ebro, y soñó una ínsula, y soñó Sansueña. En Pedrola, el caballero y su escudero volaron hasta las estrellas a lomos de un caballo de madera con una clavija en la cabeza, y todo para auxiliar a unas doncellas barbudas. Es una de las aventuras más surrealistas del libro y, si no, que baje Buñuel y lo vea. Cervantes comprendió que la nuestra es una ciudad imaginaria, una ciudad que cabalga entre constelaciones, una ciudad soñada.

A estas tierras vino Quevedo para casarse a la tierna edad de cincuenta y tres años. Poco duró el matrimonio, pero no se puede decir que el escritor no conociese aquí una gran pasión. Se enamoró para siempre de las salchichas de Cetina; de ellas dijo que eran «celestiales».

María de Zayas, la primera mujer que firmó una novela en nuestra lengua, vivió en Zaragoza y por sus calles imaginó un frenesí de pasiones terribles y oscuras. Aquí situó alguna de sus ficciones, como *El jardín engañoso,* que es un enloquecido *menàge à quatre* con posesiones diabólicas incluidas.

Nuestra montaña mágica podría ser el Moncayo, que acunó a Gracián, como a Marcial, y sedujo a Machado.

Hubo una vez un ilustrado polaco que imaginó el *Manuscrito encontrado en Zaragoza,* con sus sueños de la razón y sus monstruos. Y hubo también un seductor llamado Giacomo Casanova, que se decía descendiente de un tal Jacobo Casanova, zaragozano aventurero que ya apuntaba maneras, pues de él se cuenta que raptó a una monja de un convento y huyó con ella a Italia.

Y Goya, Bécquer, Verdi, Victor Hugo, Galdós, Baroja. Galdós nos dedicó varios episodios: el nacional patriótico y otro más erótico en la novela *Fortunata y Jacinta,* cuando imaginó a Jacinta y Juanito persiguiéndose para besarse en la boca por los rincones solitarios de una traviesa Zaragoza durante su viaje de novios.

También en su luna de miel, algún oculto magnetismo trajo a Virginia Woolf a una pensión zaragozana. Desde esa habitación (que no era propia) escribió una larga carta a una lejana amiga inglesa. Dijo que estaba leyendo con ferocidad. Más adelante diría a su biógrafo que la desnudez y la belleza del paisaje la dejaron atónita.

Cuántas veces pasearía por esta ribera la inolvidable María Moliner, bibliotecaria asombrosa, jardinera de palabras, discreta hortelana del idioma, que cultivó a solas un diccionario entero. Y en el párrafo final de su enorme obra se despidió diciendo: «La autora siente la necesidad de declarar que ha trabajado honradamente».

Cuántas veces se detendría aquí el cronista del alba, Sender, que nos contó la historia de la Quinta Julieta y de su primer amor, Valentina. Y así cartografió para la literatura Torrero y Tauste.

Y cuántas veces miraría esta perspectiva de cielo abierto Miguel Labordeta, que desde el Café Niké fundó la Oficina Poética Internacional, donde hizo famosas sus pipas y el carnet de ciudadano del mundo. Leemos en sus versos que quería agarrar la luna con las manos, que dudaba a menudo, que solo estaba seguro de llamarse Miguel y de no haber aprobado ninguna oposición honorable al Estado. Cincuenta años después de su muerte lo seguimos añorando, como él mismo dijo: con sus pelos difíciles, con su ternura polvorienta, con su piojoso corazón.

Todos ellos, también ellas, han tejido nuestros sueños. Y los escritores vivos, demasiados para nombrarlos uno a una, aún siguen imaginando historias que se adhieren a la ciudad como rocío, como los espejismos del sol o como la hierba esmeralda entre las grietas del cemento. Estad tranquilos, aquí siempre hay algún juntapalabras de guardia para inventar mares y lejanías que ensanchen nuestros horizontes.

La risa de Marcial, Jorge imprimiendo belleza, Baltasar en su Moncayo mágico, María en su jardín de palabras, el poeta Miguel intentando abrazar la luna y otros tantísimos han demostrado que aquí los libros nos importan. Que se puede viajar al País de las Maravillas y al Fin de la Noche desde cualquier sitio, también desde la plaza de los Sitios. Que las historias flotan a nuestro alrededor, son un cierzo que nos acaricia, nos revuelve el pelo y nos arrastra con su fuerza invisible.

Gracias a las palabras sobrevivimos al caos de vendavales que es el mundo. Aquí nos bebemos el viento, lo hacemos vibrar en las cuerdas vocales, lo acariciamos con la lengua, el paladar, los dientes o los labios; y de esa operación tan sensual nacen nuestras palabras. Los libros son nuestra manera de cabalgar huracanes.

En esta ciudad yo recibí el regalo del lenguaje y de los cuentos. No recuerdo la vida antes de que alguien me contase el primer cuento. Antes de que me enseñasen a bucear bajo la superficie del mundo, en las aguas de la fantasía. Durante esos años olvidados tuvo que ser duro —supongo— seguir una dieta tan estricta, solo realidad. El caso es que, cuando descubrí los libros, por fin pude tener doble, triple, séptuple personalidad. Y ahí empecé a ser yo misma.

Fui una niña a la que contaban cuentos antes de dormir. Mi madre o mi padre me leían todas las noches, sentado el uno o la otra en la orilla de mi cama. El lugar, la hora, los gestos y los silencios eran siempre los mismos: nuestra íntima liturgia. Aquel tiempo de lectura me parecía un paraíso pequeño y provisional —después he aprendido que todos los paraísos son así, humildes y transitorios—.

Y yo me preguntaba ¿cómo caben tantas aventuras, tantos países, tantos amores, miedos y misterios en un fajo de páginas claras manchadas con rayas negras, con patas de araña, con hileras de hormigas? Leer era un hechizo, sí, hacer hablar a esos extraños insectos negros de los libros, que entonces me parecían enormes hormigueros de papel.

Después aprendí yo misma la magia de leer patas de araña. Qué maravilla entonces acompañar a mis padres a las librerías y elegir mis propios libros: flores de papel, cordilleras plegables, letras minúsculas, mares mayúsculos, planetas portátiles.

No había ya vuelta atrás. Desde entonces tengo que zambullirme a diario en el océano de las palabras, vagar por los anchos campos de la mente, escalar las montañas de la imaginación.

Como escribió Ana María Matute: «El mundo hay que fabricárselo uno mismo. Hay que crear peldaños que te saquen del pozo. Hay que inventar la vida porque acaba siendo de verdad».

Los gatos, con sus famosas siete vidas, son solo principiantes, meros aprendices. Quien lee tiene a su disposición cientos, miles de vidas. Varias en cada libro.

Esta feria del libro que hoy empieza quiere acogernos a todos (incluidas nuestras vidas paralelas en otras dimensiones). Acoger a la gran comunidad que formamos los viajeros y las exploradoras del universo mágico de las ficciones.

Acoger a las librerías, claro: las que resisten, las nuevas —también cobijar el recuerdo de las que han cerrado—.

Acoger, por supuesto, a la gente lectora. La que curiosea, la que colecciona marcapáginas, la que pregunta, la que pide una dedicatoria. La que se tiene que rascar el bolsillo y por eso compra libros de bolsillo. La gente menuda y grande que, además de bocadillos de jamón, merienda bocadillos de tebeo.

Sin olvidar a los hombres y mujeres (cada vez son más las mujeres) que vuelcan su talento en todos los oficios del libro: novelistas, poetas, ensayistas, editoras, traductoras, ilustradoras, maquetadoras, distribuidoras, libreras, críticas literarias, bibliotecarias, bibliófilas, cuentacuentos y narradoras orales, amigas de los clubes de lectura.

Acoger a los niños de todas las edades. A los zaragozanos de todo el mundo. A los que aquí nacen o pacen. A los viajeros que recalan en esta tierra de paisajes inhóspitos y gente hospitalaria. A las personas de palabra. A los ciudadanos de varios universos.

Disfrutad, cesaragustaos, zaragozad. Aquí encontraréis páginas donde bullen historias, versos, conocimiento, anécdotas, esperanzas, laberintos, desengaños, misterios, sueños. Es decir, placeres a nuestro alcance. Como escribió un poeta argentino, los libros se pulen como diamantes y se venden a precio de salchichón. O, como diría Quevedo, al precio de las celestiales salchichas de Cetina.

Y acabo ya con unas últimas palabras y una memoria emocionada. Es maravilloso encontrar los libros en la calle, los lunes y los martes y los viernes al sol. Durante muchos siglos permanecieron guardados en los palacios de los ricos, en los grandes conventos, en las mansiones más suntuosas, en los pisos principales de las casas nobles. Eran emblema de lujo y privilegio. Las bibliotecas solían ser estancias en mansiones con techos pintados y escudos heráldicos. Exigían un conjunto de accesorios básicos: muebles de madera con volutas y puertas acristaladas, escaleras de mano, atriles giratorios, enormes mapamundis, mayordomos con plumero.

Hoy hemos quitado los cerrojos a los libros y les hemos calzado zapatos cómodos. Los hemos traído a la plaza, donde nadie tiene negado el acceso. Esto no ha sucedido por arte de magia. Es la cosecha de años de educación y transformaciones sociales. En escuelas. En institutos. En universidades. En bibliotecas ciudadanas y rurales. Desde las Misiones Pedagógicas a los clubes de lectura. Desde las instituciones públicas a los dormitorios donde los niños cierran los ojos acunados por un cuento de buenas noches. Ha sido un gran esfuerzo colectivo.

Tres de mis abuelos fueron maestros rurales. Conocieron una época en la que no todos aprendían a leer y mucho menos podían tener libros. Ellos, mis dos abuelos y mi abuela, se ganaron la vida humildemente enseñando las letras, las cuatro cuentas y muchos cuentos.

Quiero recordar a la gente de esa generación, que vivió los años duros de guerra y posguerra, y tuvo que trasplantar sus esperanzas a la vida de sus hijos y nietos. Nos quisieron más listos, más libres, más sabios, más lectores, más viajeros, con más estudios que ellos. Nos enseñaron que la cultura no es adorno, sino ancla. Se vieron obligados a podar sus ilusiones, pero regaron las nuestras. Nos animaron a crecer, a leer y a levantar el vuelo.

Somos su sueño.

Por eso, por ellos, por nosotros, por el futuro, bienvenidos todos, bienllegadas todas, a la feria de las dobles y las triples vidas. A la feria de los libros y de los libres. Gracias.

Discurso para el acto inaugural de la Feria del Libro de Zaragoza, 31 de mayo de 2019

2 - TEXTOS

Dinámica del amor

Queremos lo imposible. Si empieza a parecer posible, deja de ser lo que queríamos. Esta es la ley de la dinámica de nuestras pasiones, según el poeta Marcial. Él escribió en el siglo I d. C.: «Me persigues, huyo; huyes, te persigo. Ese es mi carácter: no quiero tu atención, quiero tu rechazo».

Aproximadamente cinco siglos antes, Platón había inventado un mito para explicar nuestra perpetua insatisfacción. En origen, los humanos éramos seres dobles, con dos sexos, con cuatro brazos, cuatro piernas y dos cabezas sobre dos cuellos. Para moverse deprisa, esos seres que fuimos daban volteretas tomando impulso alternativamente con las piernas y los brazos, ocho extremidades en total. Con sus capacidades duplicadas, tenían una fuerza prodigiosa, tanto que se volvieron arrogantes y desafiaron a los dioses. Zeus los castigó cortando a cada uno en dos partes y les advirtió que, si no se corregían, los partiría otra vez y tendrían que ir a la pata coja. Les dio un tajo y luego estiró la piel cortada hacia lo que ahora es el ombligo, como si cerrara una bolsa con cordel. Desde entonces nos sentimos incompletos, lo que nos falta nos duele igual que duele un miembro amputado mucho después de la operación. Cuando creemos reconocer en otra persona algo de nuestra perdida mitad, nos abrazamos a ella, tratando de sentirnos uno, como al principio.

Marcial, sin embargo, diría que esa idea nos gusta precisamente porque es inalcanzable. Según él, si por un milagro encontrásemos a nuestra mitad, no nos fundiríamos con ella: saldríamos corriendo detrás de otra persona más incompatible.

Cotorras

Quien domina el discurso dirige el cotarro. Algunos llamaron despectivamente «cotarreras» a las mujeres que tenían la mala costumbre de hablar y cundir como los hombres. Ahí nacieron las palabras *cotilla* y *cotorra*. Se dio este último nombre a los papagayos más ruidosos porque, decían, sus graznidos recordaban a la verborrea de las señoras.

La intelectual zaragozana Josefa Amar y Borbón escribió en 1786 un combativo «Discurso en defensa del talento de las mujeres». Ahí reivindicaba el valor de la inteligencia, no solo del atractivo, «el idolillo al que todos dedican sus inciensos», y rebatía el tópico de la charlatanería femenina. Más de dos siglos después, la profesora de Cambridge Mary Beard, al estrenar una serie televisiva sobre su especialidad, sufrió ataques demoledores en redes por su aspecto físico, su pelo o su ropa. Lejos de acobardarse, hizo frente a los mensajes más hirientes y preparó una conferencia titulada «Venga, cállate, querida», donde recorría la historia de los mecanismos usados para expulsar a las mujeres del discurso público. Josefa y Mary comprendieron que la obsesión por la belleza actúa como mordaza: las críticas a las arrugas, el peso o el peinado provocan una inseguridad que impide hablar con convicción. No olvidemos que la palabra es bella, poderosa y erótica; si nos llaman «cotorras», contestemos con pico de oro.

Un emigrante hispano

Marcial fue un emigrante hispano en Roma. En el año 64 d. C., cuando tenía unos veinticinco años, se instaló en la que entonces era la capital de las oportunidades, un anticipo del sueño americano a donde llegaba gente desde todas las provincias del imperio.

Marcial descubrió pronto que era una ciudad dura. Nos habla en sus poemas de multitudes pálidas de hambre. No era fácil hacerse rico, a veces ni siquiera era fácil ganarse la vida. En cierto epigrama Marcial dice que había en Roma muchos elocuentes abogados que no podían pagar el alquiler completo y muchos poetas con talento pasando frío porque no tenían ropa de abrigo. La competencia era feroz, todos querían prosperar. La riqueza del prójimo se observaba, se envidiaba. Se pensaba en cazar herencias. El propio poeta llegó a tenerlo en mente si hay que creerle: «Paula desea casarse conmigo, yo no quiero casarme con Paula: es vieja. Querría, si fuese más vieja».

Con los años, Marcial llegó a ser un poeta famoso, se trató con el emperador, forjó relaciones, le hicieron favores, pudo vivir desahogadamente. Tuvo una casa en Roma, una villa para las vacaciones, esclavos, un vehículo propio. Se le conoce por su ingenio, por su sentido del humor. Pero algunos de sus versos tienen una particular acidez que sobrecoge: «Segio afirma que no existe ningún dios, que el cielo está vacío: y lo prueba, porque él, que hace esas afirmaciones, se ha hecho rico». Podemos imaginarnos al poeta emigrado mientras escribía sus poemas: con una sonrisa que se expande lentamente y que acaba en una risa parecida a un gesto de ansiedad.

Hagas lo que hagas

Está comprobado: siempre tendrás cerca a alguien dispuesto a opinar sobre lo que estás haciendo. Y no le gustará nada o, por lo menos, detectará el lado más desfavorable. Según Séneca, los hombres ladran a su prójimo como los perros cuando ven pasar a un extraño. Mejor no tener el oído muy fino. Pero, si un día oyes algo, recuerda bien esto: hagas lo que hagas te criticarán, esforzarse por dar gusto a todos es tiempo perdido. Hace siglos que sucede así, Esopo ya lo explicó en una de sus fábulas.

Dos labradores, padre e hijo, decidieron ir a un mercado. Se llevaron un burro para cargarlo a la vuelta con las compras. Tirando del animal por las riendas, echaron a andar. «Vaya par —dijeron dos desconocidos con los que se cruzaron al poco rato—, ellos que tienen caballería van a pie. Qué mal repartido está todo». Al oírlo, el padre mandó a su hijo que subiera al burro. «Hay que ver —opinaron entonces otros dos campesinos que hacían la misma ruta—, el hijo, que es joven, va bien cómodo mientras al padre le falta el aliento. No sé cómo se lo consiente». Entonces el labrador, avergonzado, hizo bajar a su hijo y montó él. «Parece mentira que haga trabajar así al pobre niño, no puede más», oyó decir el padre a un grupo de viajeros al pasar. Esta vez se sintió ofendido y queriendo zanjar la cuestión montó a su hijo en la grupa, detrás de él. «Ahora ya no podrán decir nada —pensó con sensación de triunfo al ver acercarse a unos caminantes—, ninguno de los dos va a pie». Se equivocaba. Una voz hirió sus oídos: «Fíjate, hasta que el burro no reviente no se quedarán contentos».

Revivir

A veces se nos hace añicos una ilusión o un dolor nos zarandea. No vemos salida y entonces dejamos caer la cabeza en las manos, tan aturdidos y cansados que de pronto nada nos importa. Nos parece que estamos vacíos en medio de la resaca negra. En un momento como ese, el poeta griego Arquíloco escribió: «Corazón, corazón, agitado por penas sin remedio, ¡levanta! Haz frente al enemigo que te empuja. Aguanta. Comprende que el destino humano es un vaivén». Cuando logramos hacer revivir ese impulso en nosotros, resurgimos de las cenizas, como el ave fénix.

Los antiguos creían en la existencia de un ave inmortal de fantásticos colores. En su cabeza, cuello y lomo brilla el rojo deslumbrante de las amapolas; su pecho lleva los colores del arco iris; el resto del plumaje es esmeralda. Desde que despunta el día, el fénix se encarama al árbol más alto y canta un himno al sol. Se alimenta de luz y rocío. Cuando el fénix, al cabo de muchos años (quinientos o mil, según los poetas), tiene el presentimiento de su propia muerte, prepara su sepultura en la palmera más alta. Se envuelve en incienso, mirra, cinamomo, canela, acanto, áloe y nardo. Súbitamente el sol prende fuego a ese nido de aromas. El animal arde, convirtiéndose en «estrella de pluma, pájaro de luz», como escribió Quevedo. De la ceniza del ave abrasada nace entonces un gusano blanco, que teje un capullo del que renace el fénix. El pájaro recoge los restos calcinados de las especias con las que se embalsamó y va a depositarlos al templo de Heliópolis, en Egipto. A continuación vuela rejuvenecido hasta su bosque natal.

Club de lectura

En nuestros tiempos acelerados, todavía sobreviven rituales lentos. Pienso en esa gente original que acaba sus tareas y se dedica a leer, prescindiendo del vértigo tentador de las redes sociales, la hipnosis de las pantallas, los anestesiantes píxeles de colores. Algunas de esas personas asombrosas encuentran a otros adictos a la imaginación y organizan juntos un club de lectura. Como ellos, en siglos de ritmo más pausado, al acabar el día, las familias buscaban la lumbre de las hogueras y de las historias.

Tenemos noticia de un club de lectura ya en el siglo XV. Lo cuenta una curiosa crónica titulada «El Evangelio de las Ruecas». Describe seis veladas en las que varias vecinas de una localidad francesa se reúnen en un lugar y hora convenidos, equipadas con husos, lino y libros. Leen pasajes sobre amoríos, matrimonios y costumbres, y charlan con la picardía y los conocimientos ancestrales de los que se sienten depositarias. Mientras hablan y ríen, tejen con hábiles dedos, como si fueran conscientes de que todo texto es un tejido. Interrumpen, comentan, plantean objeciones, explican sus opiniones, imaginan una realidad distinta. También hoy, pequeños grupos de soñadores imaginan el futuro al calor de los libros, convirtiendo la literatura en conversación, amistad y hallazgo. Saben que, hablando sobre otros mundos posibles, comprendemos mejor el nuestro.

Palabras que curan

Somos seres sedientos de palabras. De las palabras que alivian, que extinguen el miedo, que calman. En todas las épocas hemos buscado en ellas la curación de nuestras turbulencias anímicas. Homero las llamaba «aladas palabras», captando el poder liberador de ese vuelo acústico de nuestros pensamientos. Hace dos mil quinientos años el orador griego Antifonte tuvo una idea novedosa. En el ejercicio de su profesión se había dado cuenta de que los discursos, si son efectivos, pueden actuar sobre los demás, conmoviendo, alegrando, apasionando, sosegando. Entonces inventó un método para evitar el dolor y la aflicción comparable a la terapia médica de los enfermos. Abrió un local en la ciudad de Corinto y colocó un rótulo anunciando que «podía consolar a los tristes con discursos adecuados». Cuando acudía algún cliente, lo escuchaba con profunda atención hasta comprender la desgracia que lo afligía. Luego «se la borraba del espíritu» con conferencias consoladoras. Usaba el fármaco de la palabra persuasiva para curar la angustia y llegó a hacerse famoso por sus razonamientos sedantes, nos dicen los autores antiguos.

Después de él otros filósofos afirmaron que su tarea consistía en «expulsar mediante el razonamiento el rebelde pesar», pero Antifonte fue el primero que tuvo la intuición de que sanar gracias a la palabra podía convertirse en un oficio. También comprendió que la terapia debía ser un diálogo exploratorio. La experiencia le enseñó que conviene hacer hablar al que sufre sobre los motivos de su pena, porque buscando las palabras a veces se encuentra el remedio.

Los dátiles del olvido

Los científicos afirman que han encontrado un compuesto químico que permite borrar los recuerdos de forma más eficaz que el propio paso del tiempo. Al parecer, ya es posible eliminar de la memoria, sin dañar las neuronas, todo rastro de experiencias dolorosas de manera específica y controlada. Nos ofrecen olvido a voluntad.

Olvidar es tentador, como ya sabía Homero, que lo relató en un episodio de la *Odisea*. Ulises y sus compañeros navegan de regreso a su patria después de luchar durante diez largos años en la guerra de Troya. Un día desembarcan en una isla desconocida y algunos marineros son enviados a reconocer el terreno. Allí encuentran un pueblo pacífico que los acoge y les ofrece compartir su comida. Se alimentan únicamente del fruto de una planta exquisita, el árbol del loto. Sabe a higos silvestres y a dátiles. Quien ingiere su deliciosa pulpa cae en un placentero olvido. Se desliga de todo lo vivido y pierde la conciencia de quién es, de su origen y de su rumbo. Deja de vivir con el recuerdo del pasado como arnés de su ser. Después de comerlo, los griegos se niegan a hacerse a la mar. Están paralizados por una anestesia dulce de sabor azucarado. Lo único que desean es quedarse donde están, sin proyectos ni ataduras, sin volver al hogar. A pesar de su llanto, Ulises los obliga a embarcarse y ordena zarpar. Para él, olvidar es sencillamente desertar. Piensa que no hay más que una forma de vivir, en reciprocidad, acordándose de sí mismo y de los demás. Homero cree que necesitamos recordar para ser recordados. Y a todos nos gustaría ser inolvidables.

Esta juventud

En todas las épocas se ha dicho: «Esta juventud..., ¿adónde vamos a parar?». Luego la juventud va a parar a la edad madura y dice lo mismo sobre sus hijos o sobre los hijos de los demás. Estos reproches cíclicos remontan al pasado más lejano. Los problemas generacionales siempre han sido una cuestión candente.

Aristófanes critica en una comedia la educación de los «pelilargos modernos» que llaman «anticuados» a sus padres. Platón escribió que los jóvenes de su época amaban el lujo, tenían manías y despreciaban la autoridad respondiendo a sus padres, cruzando las piernas y tiranizando a sus maestros. Para completar el cuadro, añadió: «Ningún joven puede estarse quieto ni de cuerpo ni de lengua, sino que grita, brinca, salta y baila con placer dando voces». Conservamos los reproches de un escriba del antiguo Egipto contra un estudiante: «Vas de taberna en taberna. El olor de la cerveza alcanza a cuantos se te acercan. Pasas tu tiempo junto a jovencitas, tamborileas en tu vientre, vacilas, te caes al suelo. Eres un timón torcido en la barca que no se decide por ningún rumbo». En una sátira del romano Persio, un joven duerme después de una juerga: «Ya entra por las ventanas la claridad del día y aún roncas. Son las once. Vamos, ¿qué haces? Bostezas excesos de ayer con las mandíbulas descosidas. No te preocupa a dónde te llevan los pies y vives al capricho».

Hace muchos siglos que los adultos tienen la sensación de que transigen demasiado. No acabamos de saber lo que falla. Lo único seguro es que los jóvenes de nuestra época nos parecen más difíciles que nunca. Como siempre.

Medicina mágica

Las enfermedades llegan callando, como sombras o como sueños. Quizá por eso hubo pueblos que buscaron la salud en sus sueños o en su sombra.

Los antiguos griegos creían que, si un enfermo se purificaba con un baño en el mar y acudía a dormir una noche en el santuario de Asclepio, recibía soñando la visita del dios. Entonces oía de su boca el tratamiento que debía seguir para recuperar la salud. Un devoto de Asclepio describió así la aparición del dios en medio de un claro ensueño: «Me parecía poderlo tocar casi y percibir su llegada, estar a medias entre el sueño y la vigilia, quererlo ver y sentir la angustia de que se fuera antes de que pudiera hacerlo, tener atento el oído y escucharle. Mis cabellos se erizaban». Sin embargo, no había que temer. El dios de la medicina, según nos dicen, se mostraba sonriente, plácido, casi campechano y bromeaba con los enfermos que lo soñaban mientras les hacía sus prescripciones. La fe en el poder del dios servía de impulso a la voluntad de vivir del paciente.

Más asombroso todavía es un ritual curativo de los etíopes coptos que explica el escritor Álvaro Cunqueiro, coleccionista de curiosidades médicas. Los etíopes creían que las sombras tienen las mismas enfermedades y en la misma parte que sus dueños. Por eso, pensaban, operando sin dolor la sombra de un enfermo, actuando y cosiendo sobre ella, quedaba curado el cuerpo.

Hoy en día no podemos compartir esas creencias sobre salud, sueños y sombras. Pero en bata de enfermos todos hemos sentido que la salud es un estado asombroso, hecho del material del que se tejen los sueños.

Elefantes en Numancia

Numancia se perfila en el horizonte. Diez elefantes van a cargar contra la muralla, son animales de combate entrenados para hacerlo. Los han traído desde el norte de África en barco. A bordo sufrieron angustia porque el suelo se movía y la náusea les doblaba las rodillas. Cuando llegaron a tierra firme, moribundos y sin fuerzas, empezó la marcha. Era un convoy largo, tropas y animales. A su paso por las poblaciones les daban forraje, pero a menudo soportaban hambre. Se adentraron en una región donde las noches eran frías como el metal. Conocieron los cerros rojos y la luna morada de la Celtiberia. Integrados en las fuerzas legionarias romanas, prepararon el ataque a la pequeña ciudad rebelde en el páramo amarillo.

Suena la señal, se abren las filas de soldados y los elefantes avanzan. Lanzan bramidos, despliegan las orejas que ondean como enormes banderas de guerra, causan espanto. Sobre cada una de esas moles de guerra cabalgan dos guías. Desde lo alto los defensores arrojan una gran piedra que hiere el cráneo de un elefante. Enloquece al instante. Un lienzo de sangre le vela los ojos tiñendo de rojo su visión. Trastornado por el dolor, da media vuelta y arrolla a los asaltantes. La furia se trasmite a los demás elefantes, que pisotean, aplastan y lanzan por los aires a los suyos. Los numantinos contraatacan matando a varios miles de romanos. Después de una caótica retirada, los planes cambian. Numancia será sitiada. Nadie sospecha que el asedio durará más de veinte años y se seguirá recordando más de veinte siglos después.

The war is over

Es un veterano cansado. La guerra iba a ser corta, pero ha durado años. ¿Cinco? ¿Seis? Casi se pierde la cuenta. Le convencieron de que luchaba por un motivo justo, así que se marchó de su patria, vino al extranjero, fue un buen combatiente en una tierra que hasta ese momento no le había importado demasiado. Oriente.

Desde que le hirieron ha tomado la costumbre de rozarse suavemente las cicatrices, suavemente, con la yema de los dedos. Su hermano —en realidad solo hermano de padre— está muerto. La verdad es que se suicidó con sus propias armas. Se volvió loco. Y ahora se entera de que los dos habían puesto su vida al servicio de una causa engañosa: lo que fueron a buscar nunca estuvo allí.

Se llama Teucro, es hijo de Telamón y hermanastro de Ayax, y vuelve a casa, en Salamina, después de la guerra de Troya. Aparece fugazmente en una tragedia de Eurípides basada en la vieja leyenda griega que contaba que Helena, la razón del ataque contra Troya, en realidad nunca estuvo allí. «No fui a tierra troyana, un fantasma era», dice Helena. «¿Qué dices? ¿Por una nube entonces sufrimos tanto?».

Siglos después, Georges Seferis, otro griego, premio nobel de literatura en 1963, dedicó un poema al soldado del mito. «Diez años nos degollamos por Helena. Los ríos se hinchaban con el barro, con la sangre». En los versos finales acaba preguntándose si los hombres volverán a creer el viejo engaño. Si algún otro Teucro después de los siglos volverá a oír a los mensajeros que llegan para contar «que tanto dolor, tanta vida / se fueron al abismo / por una túnica vacía, por una Helena».

Incendio

Se ha sofocado el fuego. Los árboles muertos siguen de pie, como en reproche, y ya no dan sombra, sino que son ellos mismos sombras erguidas. Hasta el sol parece haberse ensuciado. En el monte se ha destruido, quizá por obra del hombre, la verde pujanza de la vida. Ovidio relató un cuento triste sobre advertencias desoídas, imprudencia y llamas. La historia universal de la devastación.

Faetón era un adolescente cuando descubrió que su padre era el Sol. Decidió acudir a su mansión, donde lo encontró en su trono de esmeraldas. «Hijo mío —dijo el Sol al reconocerlo—, cómo me alegra tu llegada. Pídeme un deseo y te lo concederé». Faetón dijo que quería conducir una vez el carro solar en su itinerario celeste. «No podrás, la tarea es demasiado peligrosa», le advirtió su padre. Sin embargo, Faetón, envalentonado, insistió. A la mañana siguiente monta en el carro de oro, en el que ya están enganchados los caballos de aliento llameante. Salen en tromba por las puertas de oriente, feroces, rasgando las nubes a su paso. Dan sacudidas, se desbocan, Faetón pierde el control. A medida que el astro se desploma sobre la tierra, los bosques arden, la ceniza extiende su sábana gris sobre los pastos, surgen desiertos, los peces buscan refugio en lo profundo del mar. Finalmente Faetón cae dando vueltas y muere. En medio de la desolación, sus hermanas lo entierran llorando por su destructiva arrogancia. Tan inagotable es su pena que las jóvenes se transforman en álamos. Todavía hoy, cuando el viento pasa por las hojas de estos árboles, podemos ver su llanto plateado por Faetón y por nosotros.

Traficantes de aplausos

En los hipnóticos escaparates de las redes sociales, la influencia se puede comprar. Existen empresas que ofrecen admiración de alquiler: seguidores, comentarios entusiastas, adhesiones apasionadas, elogios en serie —aunque no en serio—. La reputación tiene un precio y la alabanza amañada catapulta a quien lo paga. Después de todo, la palabra *fama* proviene del verbo latino *fari* —'hablar'—, pues famoso es quien está en boca de todos. Curiosamente, de la misma raíz deriva *fábula:* la celebridad tiene algo de cuento.

El primer comprador de ovaciones conocido fue Nerón. Cuenta Suetonio en sus crónicas que el emperador amaba la música y, aunque su voz era débil y ronca, insistía en dar recitales. Pagó sumas exorbitantes para que cinco mil jóvenes reclutados aplaudieran sus lamentables interpretaciones. Esta argucia serviría como inspiración a las claques europeas. En el siglo XIX surgieron agencias que proveían a los teatros y autores de aduladores, un mecanismo que derivaría con el tiempo en las risas enlatadas de la televisión. El principio es el mismo: escenificar el éxito ayuda a triunfar. Tener público, aunque sea ficticio, genera publicidad. Ahí nacen las encuestas trucadas, la demoscopia fantasiosa y las campañas dopadas. Como intuyó Nerón, pionero de la mercadotecnia, es posible conseguir poder verdadero a través de la fama falsa.

Las gafas de otros

Los libros nos recuerdan que somos seres muy peculiares. ¿Por qué encontramos tanto placer en explorar mundos imaginarios? ¿Qué nos atrae hacia todos esos relatos donde se cuentan hechos que no han sucedido y que son solo invenciones?

Algunos científicos opinan que leer es una ampliación del juego infantil y, como los demás juegos, nos prepara para la vida. Los lectores se acostumbran a mirar con el ojo de la mente la amplitud del mundo y la enorme variedad de situaciones y personas que lo pueblan, por eso sus ideas son más ágiles y su imaginación, más iluminadora. Además, cuando leemos salimos de nosotros mismos. Nos proyectamos con total libertad y a nuestro antojo en los personajes de una historia. La perspectiva de ser transitoriamente personas diferentes resulta muy atractiva para nuestra permanente curiosidad. Todos queremos ver por otros ojos, pensar con otras ideas y sentir otras pasiones. La magia consiste en suplantarlos del todo, en ponernos las gafas de otros y observar lo que se ve a través de ellas, deslizándonos en los placeres, los terrores o las ambiciones que va descubriendo esa mirada. Y lo mejor es que esta fantástica operación se ejecuta en el recinto seguro de la imaginación. Así, casi sin darnos cuenta, aprendemos a comprender mejor a los demás y también el permanente conflicto de intereses que se da en el trato humano. En definitiva, gracias a ese salto podemos corregir errores de perspectiva, sacudirnos nuestro provincialismo y curar el aislamiento. Muchas veces, para sacar lo mejor de nosotros, necesitamos ser otros.

Lo raro es vivir

Durante años fui la rarita de la clase. Mil veces escuché la palabra *anormal* como insulto afilado, como flecha lanzada contra mí y contra otros. Parecía existir un pacto no escrito para difamar al diferente. Convertir en diana las excentricidades de alguien ayudaba al resto a sentirse más integrado. Sin embargo, el miedo a no encajar es una experiencia universal: lo que tenemos en común es sentirnos extraños. Como escribió Carmen Martín Gaite: «Todo es muy raro, en cuanto te fijas un poco. Que estemos aquí sentados, que hablemos y se nos oiga, poner una frase detrás de otra, que no nos duela nada. Lo más raro es que lo encontramos normal».

En latín, la palabra *rarus* significaba 'escaso'. De hecho, tenía el valor afirmativo de lo excepcional. Una antigua máxima —*omnia praeclara rara*— recordaba que lo excelente es infrecuente. Hasta nosotros ha llegado la expresión *rara avis* no para describir pájaros, sino a quien posee cualidades extraordinarias. También en clave ornitológica se habla de mirlos blancos o cisnes negros. Nuestros antepasados creían que los cisnes solo podían ser claros, hasta que en 1697 una expedición holandesa descubrió ejemplares oscuros en Australia. Hoy los historiadores llaman «cisnes negros» a los acontecimientos inesperados que se suponían imposibles por falta de perspectiva. Algunas de las mejores ideas de nuestro mundo nacieron así, como hallazgos extravagantes que se han vuelto imprescindibles. Necesitamos las rarezas: sin lo anómalo, la vida normal no existiría.

Marina

Lo más limpio es el mar, que todo lo lava. Eso creían los griegos del mundo antiguo, cuando los delfines, dibujando meridianos de espuma con la cola, nadaban junto a sus barcos y el agua, pulida como un espejo azul, centelleaba ante sus ojos. Ellos nos hablan de un tiempo en el que el Mediterráneo todavía era cristalino.

Aquellos griegos miraban la pureza de las aguas mientras navegaban por sus «húmedos caminos», por su «ancha espalda». Veían cómo el canoso mar de la mañana se volvía del color del vino al ponerse el sol. Homero tenía su compás dentro del oído, sabía que tan pronto susurra como ruge, y por eso lo llamaba «el mar retumbante», «el mar de los mil ruidos». Las tormentas marinas se parecen al ánimo inquieto de los hombres, según los griegos, pues en sus poemas describen la angustia que se agita dentro de ellos como un mar hirviente donde no hay sosiego. Antígona comparaba las desgracias de su familia con las olas que asaltan la oscura superficie del mar arrastrando desde el fondo turbulenta arena, para estallar al fin azotadas por el viento.

En cambio, el mar en reposo, el suave mecerse de las ondas, inspiraba nostalgia —Odiseo lloraba con la vista en el mar infinito— y los filósofos llamaban «calma marítima» a su máxima aspiración: la tranquilidad, la ausencia de temor y zozobras. El poeta Alcmán de Esparta, añorando su juventud, cantó al deseo de sobrevolar el mar: «Muchachas de palabras de miel y voces claras, ya no pueden alzarme mis rodillas. ¡Ojalá fuera un alción macho para volar con bravo corazón sobre la flor de las olas, un ave sagrada del color cambiante del mar!».

Simpatía cósmica

Solo lo más común puede sorprendernos de verdad. La palabra *simpatía,* por ejemplo, tiene profundidades insospechadas de sentido. Además de ese modo de ser que hace atractivo y agradable el trato con algunas personas, la simpatía significa algo más. Desde tiempos de los griegos se refiere a la afinidad y a la dependencia que existe entre todas las cosas del mundo. Su etimología es 'sufrir con los otros'. Para los filósofos antiguos, la simpatía universal era la clave profunda de la naturaleza. De acuerdo con esas ideas, todo lo que está vivo es un vasto continuo. El filósofo Plotino hizo famosa una imagen de la simpatía como cuerda extendida que, al ser pulsada en un extremo, transmite la vibración al otro. Todos los seres vivos estamos en relación, no somos islas, sino un gran continente. «Nacemos para colaborar», nos dice Marco Aurelio. Deberíamos aspirar a sentirnos en casa en el universo.

La leyenda griega habla de unas criaturas de aspecto humano, llamadas «hamadríades», que tenían su vida ligada a la de un árbol y compartían su destino. La muerte del árbol era la suya propia. Cuando alguien intentaba talarlo, acudían y pedían piedad con voz desgarrada mientras del tajo en la corteza empezaba a fluir sangre gota a gota y las hojas se volvían pálidas. Esta historia trata de recordarnos que estamos dentro de la maraña de la vida y que no deberíamos destruirla. Los seres que quedan heridos de muerte al desforestar grandes extensiones de territorio somos nosotros mismos. Porque, si hacemos caso a los antiguos, la simpatía lo domina todo. Y ese es nuestro problema.

Dar tiempo al tiempo

En nuestras vidas ajetreadas nos apresuramos demasiado. Nos pasamos el día esforzándonos en llegar a tiempo a nuestra siguiente meta. Con la vista siempre puesta en lo que sigue, malogramos el presente. Así las horas se nos hacen largas y la vida corta. Séneca pensaba que los días se deberían vivir uno por uno y aun minuto a minuto, sin impacientarse. Según él, el hombre agobiado de quehaceres de lo que menos se ocupa es de vivir, pues le falta la conciencia del ahora, de ese mismo día de hoy que se nos va. Igual que una conversación o un recuerdo o una preocupación intensa engañan a los que van de camino y se dan cuenta de que han llegado antes de ser conscientes de estar acercándose, este veloz viaje de la vida lo perciben los atareados solamente al final de la jornada.

Baltasar Gracián estuvo de acuerdo. Recomendaba no vivir aprisa. Para él, saber distribuir la vida es saberla gozar. Escribió que los apresurados desperdician el caudal de su tiempo. «Malogran los contentos, que no los gozan, y querrían después volver atrás, cuando se hallan tan adelante. Querrían devorar en un día lo que apenas podrán digerir en toda la vida. Viven adelantados en las felicidades, cómense los años por venir y como van con tanta prisa, acaban presto con todo. Son más los días que las dichas: en el gozar, despacio». El veredicto es claro: la mayoría de nosotros pasamos por alto el aprendizaje de la lentitud y nos movemos agitados por la pasión de la prisa. Pero, como a estas alturas ya deberíamos haber comprendido, la prisa tiene un gran inconveniente: que exige demasiado tiempo.

Pirineos

Los Pirineos tienen nombre de mujer. Cuenta la leyenda que Pirene era hija del rey Bébrice, soberano de las tierras al pie de la cordillera. Allí llegó un extranjero, Hércules, el héroe griego. Pirene no podía apartar los ojos del huésped de su padre, de aquellos fuertes brazos donde se anudaban sinuosamente los músculos esculpidos bajo la piel. Durante la cena en su honor, lo oyó contar sus enormes penalidades: había peleado con seres monstruosos, afrontando peligros sin nombre por todo el mundo conocido. Hércules también se fijó en la hija del rey, dejó descansar su mirada en ella para tener una imagen nítida de su cuerpo y esa misma noche fue a buscarla y la sedujo.

Hércules se fue temprano, con la primera luz porosa y tibia de la mañana. Había venido a Iberia para enfrentarse a Gerión, un monstruo de tres cabezas y tres cuerpos hasta la cintura. Para vencerlo viajó hasta la isla de Eritía, no lejos de donde hoy está Cádiz. Deseando que su hazaña se recordase siempre, quebró el continente con fuerza sobrehumana para abrir paso al océano Atlántico, separando los dos promontorios que todavía llamamos Columnas de Hércules. Después volvió sobre sus pasos, camino de su patria. Pero, al atravesar de nuevo las montañas, se encontró con el sombrío reverso de su triunfo: el cadáver de Pirene, que no había podido soportar el abandono. Había huido a la soledad de los riscos y las quebradas, donde se dejó morir deshaciéndose en lágrimas de donde nacieron los ibones. Hércules, que en amor era pasajero del viento, la enterró en las cumbres y dio su nombre a los montes, firmes como ella.

La atracción del vacío

Nos aburrimos menos que en cualquier otra época, pero tenemos más miedo que nunca a aburrirnos, afirmó el filósofo Bertrand Russell. Quizá por eso llenamos nuestras vidas de tareas y planes hasta colmarlas. Nos inquietan los espacios vacíos como resquebrajaduras en el edificio de actividad que levantamos cada día. Una vaga impresión de culpa nos domina si, cuando los lunes llegamos al trabajo, no somos capaces de hacer a nuestros compañeros el relato de un ajetreado fin de semana. Preferimos la asfixia al vacío.

La sabiduría humana más remota nos desaconseja esa actitud. Hace unos veinticinco siglos el maestro chino Lao Tse escribió que torneamos la arcilla para hacer una vasija, pero que es el vacío interno lo que contiene aquello que vertemos dentro de ella; clavamos estacas para construir una cabaña, pero es el espacio interior lo que la hace habitable. El anciano maestro pretendía recordarnos que el vacío nos cobija, que nuestros actos necesitan espacio y calma para cuajar silenciosamente, igual que el manto de una nevada. El filósofo romano Séneca insistió en esa misma idea. Pensaba que deberíamos ser activos, pero no movernos de forma atropellada, conformándonos con un inquieto ir y venir. En la vida diaria recomendaba despojarse de la presión de las expectativas y de la excesiva excitación para aprender la lección del descanso. Séneca ironizó en sus escritos sobre el «ocio atareado» y nos legó una frase incisiva: «No son ociosos aquellos a quienes sus placeres les dan mucho trabajo». Según el saber antiguo, si vaciamos nuestro tiempo, no nos pesará.

Las cosas por su nombre

En este mundo donde la fama es tan poco duradera hay un grupo curiosísimo de personas que están en boca de todos. No se les olvida, se les sigue mencionando con frecuencia, aunque no de la forma que ellos esperaban. Han dado su nombre a una palabra común y corriente. Por ejemplo, Tertuliano. Tertuliano fue uno de los padres de la Iglesia que en el siglo II d. C. defendió el cristianismo con todo su ardor. Su personalidad, su vehemencia y su afán de convencer han dado lugar a las palabras *tertuliano* y *tertulia,* que todos usamos. Hoy entre nosotros no hay día sin tertulia, así que difícilmente podría estar más vivo, a pesar del tiempo y del olvido.

Hay otros casos semejantes. Mausolo fue gobernador en una región del imperio persa hace unos 2400 años. Su capital era Halicarnaso, en la actual Turquía. Estaba orgulloso de sí mismo y decidió que tendría una tumba magnífica para que quedase memoria imborrable de su paso por la vida. Los mejores artistas de su tiempo se encargaron de construirla con el mármol de blancura más luminosa. Una vez terminada, la colosal tumba se elevaba unos cincuenta metros y estaba decorada por relieves y estatuas tan llenas de vitalidad que el esfuerzo de la acción parecía tensar sus músculos. Pronto fue conocida como una de las siete maravillas del mundo y a partir de ella los sepulcros más bellos se llaman «mausoleos». Apenas quedan algunos restos mutilados de la maravillosa edificación, pero el término aún sobrevive en muchas lenguas. Mausolo quiso dejar huella en el futuro y lo consiguió. Ha resultado ser un hombre de palabra.

Ni tanto ni tan calvo

Si ya es doloroso no ser más guapos de lo que somos, todavía más duro es perder atractivos. Por ejemplo, pelo. Donde antes estaba uno a cubierto, de pronto la intemperie. Los lamentos de quienes se quedan sin cabello resuenan ya en el pasado más lejano. Ovidio escribió un poema donde la amada llora por su melena, abrasada al querer rizarla con unas tenacillas al rojo. Una peluca era la solución para penurias capilares. A las romanas les encantaban el pelo rubio de las germanas y el de color negro ébano importado desde la India. «La naturaleza es benévola con las mujeres —medita Ovidio—, porque les da medios para reparar estos daños; nosotros en cambio nos vamos descubriendo sin remedio y caen nuestros cabellos arrancados por la edad como las hojas sacudidas por el viento».

Los hombres tuvieron que discurrir sus propios trucos. Se cuenta que Julio César pidió permiso al Senado para llevar en su cabeza una corona de laurel y así disimular su calvicie. Marcial describe otra técnica de camuflaje: «Recoges tus escasos cabellos y cubres la extensa llanura de tu calva con los rizos de tus sienes. Pero, impulsados por el viento, retroceden y vuelven a su sitio, rodeando tu cabeza desnuda con grandes mechones. No hay nada más paradójico que un calvo con melena». Un filósofo y astrónomo llamado Sinesio se atrevió a defender hace más de 1500 años un cambio en los cánones de belleza, afirmando que los calvos son los hombres más sanos y guapos. Según él, una calva es como la superficie perfecta de un planeta vuelta hacia sus hermanos en el firmamento. Y que se peinen los feos.

Cartas al más allá

La muerte de un ser querido nos empequeñece. Nadie es una isla completa en sí mismo y la pérdida de quien amábamos es como un trozo de nosotros mismos que se desprende, como un terrón de tierra arrastrado por el mar. Ya no somos los de antes, pues cada ser amado extrae algo diferente de nosotros y con la muerte de uno de ellos se pierden todas esas posibilidades nuestras que eran creación suya. No queremos admitir la disminución, pretendemos enlazarnos con lo que ha desaparecido, y por eso hablamos a los difuntos.

Los egipcios de hace miles de años nos han dejado un vestigio conmovedor de la misma necesidad de proximidad. A lo largo de los siglos, los antiguos habitantes del país del Nilo escribieron cartas a los suyos en el más allá. Las depositaban en su tumba, donde los arqueólogos las han encontrado al excavar. Algunas estaban escritas en papiros, la mayoría en el interior de cuencos de arcilla donde colocaban ofrendas de agua o alimentos, confiando en que el destinatario en el otro lado leería el mensaje después de saciar su hambre y su sed. El texto de las cartas era sencillo, a menudo contaba noticias de familia o asuntos íntimos. El sentimiento de comunicación es muy real. Están inundadas por la idea de que la muerte es un mero cambio de domicilio y de que los ausentes siguen necesitando saber qué preocupa a los vivos después de que ellos se fueron. Esta rebelión del ser humano contra el aislamiento surgido de la pérdida es universal.

Quienes aún hoy hablan con sus muertos saben que hacerlo es algo menos que una conversación, pero mucho más que un monólogo.

La vida, dos asas

Estar enfadado y ofendido es vengar en uno mismo los actos de los demás. Somos las principales víctimas de nuestra propia cólera. Borges escribió: «Tu odio nunca será mejor que tu paz». También el filósofo griego Epicteto reflexionó sobre la cuestión en el siglo II. Para él, todos los problemas tienen dos asas, una con la que se pueden llevar, otra con la que no. No captes la situación por el asa del dolor o la injusticia, decía, o no serás capaz de soportarla y te amargarás. Haz lo contrario. Busca el asa de los vínculos, del afecto, de lo duradero e irrompible, de lo necesario, de la tranquilidad. Si por ejemplo tu hermano actúa injustamente, no agarres el acto por el asa de que actúa injustamente; agárralo por la de que es tu hermano y se ha criado contigo. Al contemplar así la situación, conseguirás mantener el equilibrio.

Epicteto era un hombre que conocía las aristas más cortantes de la vida. Además de lisiado, fue muchos años esclavo en Roma. Pero, al ser liberado, pudo subsistir enseñando a un grupo de alumnos en qué consistía la serenidad. Epicteto aseguraba que no podemos cambiar lo que nos sucede ni la forma en la que nos tratan los demás, pues no depende de nosotros, pero decidir cómo tomárnoslo es nuestro auténtico margen de libertad. Su sabiduría se resume en esta idea: con el asa apropiada, está en nuestras manos hacer las cosas llevaderas.

Habría que añadir, pensando también en la espalda, que conviene evitar el exceso de equipaje. Por desgracia, la fuerza de nuestros propósitos no siempre puede con la fuerza de la gravedad de nuestros problemas.

Vanidades de humo

Desde épocas remotas sentimos fascinación por los líderes arrogantes, seguros e inflexibles, con las certezas grabadas a fuego. Encumbramos dirigentes con coraza y convicción mientras desconfiamos del pensamiento que matiza y duda. En momentos de incertidumbre se imponen el aplomo inalterable y las palabras rotundas. Triunfan quienes dominan la escena pública y agitan el revuelo verbal —que hablen de mí aunque sea bien—. Cuando la reflexión queda excluida del debate, el carisma se convierte en la perfecta cortina de humo: la clave está en darse muchos humos.

En la antigua Roma, las familias acomodadas colocaban en el patio interior de su casa bustos de los antepasados ilustres. Cada vez que se encendía el fuego del hogar, el humo invadía el atrio y, con el paso de los años, tiznaba las estatuas. Cuanta más negrura, más alcurnia y orgullo: los romanos de clase alta se jactaban de tener una larga historia humeante de cargos e influencia. La frase «tener muchas ínfulas» también es de raíz latina: ínfulas eran unas tiras parecidas a diademas que usaban los sacerdotes paganos y los reyes como distintivo de dignidad. De nuevo, la expresión empareja poder y ostentación. Añorando viejas glorias, hoy prolifera la admiración por autoridades soberbias y engreídas. Es tiempo de soñar nuevas ideas: la vanidad debería ser un vicio y la política, servicio.

Hoy por hoy

La impaciencia es un desorden del apetito de vivir, significa sacrificar el día de hoy a las ganas de devorar el futuro. El problema es que la mayoría de las veces el futuro resulta ser un gran estafador que se beneficia de un prestigio desproporcionado. El filósofo Séneca, que lo sabía, escribió: «Los que hacen sus planes para un plazo largo suprimen el día bajo promesa de lo que llegará. La rémora mayor de la vida es la espera que depende del día de mañana y pierde el de hoy. Todo lo que está por venir se asienta sobre terreno inseguro: vive desde ahora. Hay que beber a toda prisa de este torrente raudo que no siempre correrá». Si nos acostumbramos a anticipar con el deseo y con la mente el porvenir, renunciamos, con desgana y de la manera más absurda, a nuestro propio tiempo, cuajado de posibilidades.

Como Séneca, también el poeta Marcial creía que hay que disfrutar del instante con claridad, con actitud protectora y vigilante, dándole todo el peso de la atención. Pensaba que no hay afirmación más saludable de nuestras ganas de gozar. Después de todo, el mayor poder es poder ser feliz. Por eso, Marcial compuso un epigrama para recordarnos que nos arruinamos si malgastamos el presente: «Siempre estás diciendo que mañana vivirás; pero dime: ¿cuándo va a llegar este "mañana"? ¿Está muy lejos? ¿Dónde? ¿De dónde hay que traerlo? ¿Por cuánto puede comprarse? ¿Vivirás mañana? Ya es demasiado demorarse vivir hoy. ¿Sabes quién es sabio? Quien vivió ya ayer».

Conviene recordar que el «mañana» se convertirá humildemente en «hoy» cuando llegue a nosotros. Siempre es ya mismo.

Tener o no tener

El exceso puede convertirse en un defecto. Si tenemos o queremos demasiadas cosas, son ellas las que nos poseen, las que se adueñan de nosotros. Así pensaba el filósofo griego Diógenes. Para él, las propiedades esclavizan. Sostenía que los seres humanos se privan de su propia libertad fabricándose, eslabón por eslabón, una cadena inacabable de deseos y ambiciones. A su juicio, el éxito, que tanto nos impresiona en sus signos exteriores, es una cárcel y el único indulto posible consiste en simplificar la vida al máximo. La solución propuesta por Diógenes era radical. Nos cuentan que afirmaba: «No poseer nada es el principio de la felicidad». Y vivía en consonancia con su programa, pues dormía dentro de una gran vasija, rodeado por una manada de perros vagabundos, y pedía limosna para poder comer y vestirse. Era un provocador, rebelde e insolente. Platón lo llamaba: «Sócrates vuelto loco». Diógenes actuaba como un virtuoso del desprendimiento y la privación. Según una anécdota famosa, Alejandro Magno quiso conocerlo. Presentándose a sí mismo como el Gran Rey y haciendo alarde de poder, le prometió concederle lo que pidiera. Diógenes levantó la mugrienta maraña de sus cejas y se limitó a responder: «Pues apártate, que me estás tapando el sol».

Hoy su austera doctrina es tan incómoda que ha hecho falta falsificarla. Hemos llamado «síndrome de Diógenes» al afán compulsivo de acumular desperdicios y objetos sin ninguna utilidad. Y sin embargo él, adversario declarado del consumismo, habría dicho que, en relación con la propiedad, no hay bienes que por mal no vengan.

Entusiasmo

Vista desde el exterior, la pasión amorosa parece muy nociva para el bienestar y para la salud. Obsesiona la mente y hace desfallecer el cuerpo. Mientras no se consigue realizarla, causa dolor. Cuando se disfruta, se teme perderla. Tras la pérdida, se añora. En el amor a menudo se siente miedo, o frustración, o celos, o un anhelo torturador. Y, sin embargo, casi todos queremos estar apasionadamente enamorados. Tanta unanimidad es un hondo misterio. Porque no son los amantes los únicos que se abrazan a sus pasiones, inseparables de ellas desde que su fuego empieza a correrles bajo la piel. También los más inexpertos, a fuerza de imaginarse el amor, se impacientan esperando la ocasión de iniciarse. Incluso quienes han fracasado ya tratan de reencontrarse con el amor pasional una vez más, en un triunfo de la esperanza sobre la experiencia, como decía el doctor Johnson.

¿Por qué? Los antiguos griegos tenían una respuesta. Para ellos, los amantes eran invadidos por un dios que se filtraba en su ser. Lo llamaban «entusiasmo», que significa «tener dentro la divinidad». Los escogidos eran seres «inspirados», es decir, «depositarios de un soplo mágico», como los poetas y los adivinos, todos ellos locos que pagan un alto precio por su privilegio. Por eso, según los griegos, deseamos esa dolorosa bendición: cuando nos enamoramos, un licor divino entra a mares en nuestra sangre, una nube cargada de dioses nos alcanza con su rayo y al menos por un momento nos rescata de la rutina y de la vulgaridad. La pasión nos gusta porque es, sencillamente, una forma endiablada de endiosamiento.

Padres e hijos

En las curvas ascendentes y descendentes de la vida, las distintas generaciones no esperan turno. Hay muchas familias donde una misma persona debe cuidar a la vez a sus padres y a sus hijos. Quienes asumen esa doble responsabilidad, divididos entre la fragilidad de los jóvenes y de los ancianos, descubren lo agotador que es ser la parte fuerte. Todos ellos pueden reconocerse en la mítica figura de Eneas.

Según la leyenda, cuando un ejército enemigo saqueó a sangre y fuego Troya, Eneas consiguió salvar de la debacle a su viejo padre y a su hijo pequeño. El poeta Virgilio describe la huida de los tres, con el sonido del fuego crepitando en los oídos y el calor llegándoles a la piel en oleadas. Eneas cargó al anciano sobre sus hombros y acompasó sus zancadas a los cortos pasos del niño que le daba la mano. Sostenidos por su agónico esfuerzo, los suyos salvaron la vida. A simple vista, Eneas es un héroe sin brillo que pierde su guerra, un superviviente cansado. Pero saca fuerzas de flaqueza y consigue mantener con vida a su familia y a otros compatriotas. Juntos inician una difícil emigración y, tras combatir y naufragar aún más veces, encuentran una nueva patria en Italia, lo que a la larga iba a permitir un gran desquite a los perdedores. Porque Virgilio nos dice que, siglos después, serían los descendientes de Eneas quienes fundarían la ciudad de Roma y pondrían los cimientos de su poderoso imperio. Tal como lo cuenta la *Eneida,* los primeros pasos de esa civilización fueron los de un hombre a punto de derrumbarse, con un anciano a las espaldas y un niño del brazo.

Mirarse el ombligo

Los seres humanos tenemos la debilidad de creernos el ombligo del mundo. Es un espejismo que domina a las personas y a los pueblos, una curiosa fijación en los habitantes de un planeta esférico. Los antiguos griegos contaban que el dios Zeus, decidido a averiguar dónde estaba el centro de la tierra, soltó dos majestuosas águilas para que volasen a la misma velocidad desde los dos confines del universo. No hace falta decir que las aves se encontraron en un lugar de Grecia, Delfos, señalado para la posteridad con una piedra ovalada a la que llamaron «ónfalos» ('ombligo'). Ante esta leyenda, los chinos de aquel tiempo hubieran sonreído con suficiencia, pues llamaban a su país Zhonghuó, que significa 'tierra central', por creer, a su vez, que era el ombligo mundial.

Casi todos los pueblos se han creído superiores a los demás y han pensado que su territorio ocupaba la posición central del planeta. Los mapas lo revelan. Desde siempre, quien cartografía el mundo se reserva el centro. De hecho, la proyección cartográfica más utilizada en occidente durante los últimos cuatro siglos, conocida como Mercator, tiene distorsiones que colocan Europa en el centro y que hacen parecer el norte más grande que el sur. Los planisferios por los que viajamos con los ojos y navegamos con la punta del dedo nos dibujan enormes y centrales, desplegados en un hemisferio norte que ocupa dos tercios del plano y relega el hemisferio sur a un solo tercio. Así que nosotros mismos confirmamos la regla: cada cual cree estar en el centro y, por eso, el mundo tiene más ombligos que sesos.

Riesgo

Al recibir la noticia de una súbita desgracia ajena, todavía impresionados por el sobresalto, buscamos rasgos diferenciadores. Decimos: ocurrió en otro país, le sucedió a una persona más imprudente o más frágil o más sola que yo. Se trata en el fondo de serenarnos pensando que nunca podríamos vernos en esas desgraciadas circunstancias. Pero a veces surge una identificación inesperada y la seguridad se tambalea, como cuenta el poeta Homero en la *Odisea.*

Tras largos años de ausencia, el héroe Ulises regresa a Ítaca, la isla donde reina. Allí descubre que un grupo de nobles le disputan el trono y decide disfrazarse de mendigo para pasar desapercibido mientras urde su venganza. Sin reconocer a su rey, le da hospitalidad un humilde porquero llamado Eumeo, que atiende las pocilgas de palacio. En la choza, al amor de la hoguera, los dos hombres comparten alimentos y charlan. Así, Ulises se entera de la historia de Eumeo, callado y fiel servidor suyo en el que nunca se fijó. Eumeo era hijo del rey de una pequeña isla, pero su alta cuna no lo protegió; siendo niño fue raptado por su nodriza, entregado a unos piratas y vendido como esclavo en Ítaca. Escuchándolo, Ulises se da cuenta de que un hombre de sangre real como él, su igual, cuida de las piaras de cerdos, sin familia ni fortuna ni libertad. Comprender, como Ulises, que los mayores vaivenes de la suerte caben en cualquier vida, que la adversidad puede irrumpir en un hogar seguro y que todos dependemos de la bondad ajena nos ayudaría a ser, ante las desgracias de los demás, menos pasivos y más compasivos.

Zambullida

La tristeza de los cementerios es, claro, nuestra tristeza, porque todos tenemos afectos enterrados en alguno de ellos. Pero son lugares donde el ser humano ha hecho grandes esfuerzos por derrotar a la pena. *Cementerio* es una palabra griega que significa 'dormitorio' y revela que nuestros antepasados querían ver en las tumbas las camas donde están tumbados los muertos. En la Antigüedad las decoraban muchas veces pinturas de brillantes colores, escenas de la vida que parecen decir que nada fue en vano, que los difuntos supieron disfrutar su tiempo, que se marcharon cargados de luminosos recuerdos.

En la cubierta de un sarcófago etrusco, por ejemplo, reposan las figuras de un hombre y una mujer que llevan dos mil trescientos años cálidamente abrazados. Y, en la que quizá sea una de las imágenes más bellas para despedir a un ser querido, una pintura funeraria de hace casi dos mil quinientos años representa una silueta de color rojizo que se lanza al agua desde un trampolín. El saltador está captado en el instante en que, ya sin vuelta atrás, se curva en el aire con las manos unidas para abrirse paso en las ondas de un lago plácido rodeado de tamariscos. La figura expresa acción y también calma. Cuando el joven caiga del todo, sentirá un escalofrío, habrá una explosión apagada del agua, la superficie se cerrará sobre él y ya no será visible. Pero no hay tensión ni miedo en la postura del cuerpo desnudo del hombre. Aquí el pintor ha plasmado la muerte y, al mismo tiempo, ha dado alas a la esperanza que tienen los vivos de que morir sea nada más que un breve salto y una tranquila zambullida.

Maestros y ministros

Aprendemos la lengua materna siendo muy pequeños, recién llegados al mundo. Sin embargo, las palabras que empezamos a decir con torpe lengua de trapo son muy antiguas, algunas milenarias, y en su historia esconden significados ocultos y sorprendentes. Cada mañana, dejamos a los niños en los colegios para que aprendan y estrenen los viejos nombres de las cosas. Lo hacemos como un acto cotidiano, sin ser conscientes de su auténtica dimensión. Esta época otorga mayor importancia a la política o la economía, y vivimos más pendientes de gobiernos y cargos que de esos pequeños milagros escolares.

Sin embargo, el término ministro deriva del latín *minus,* es decir, 'menos'. El ministro, según nuestros antepasados, es quien se ocupa de las minucias, o sea, de administrar asuntos menores, más incordiantes que esenciales. En cambio, lo fundamental, lo que realmente importa, lo más —en latín, *magis*— es la tarea del *magister,* del maestro. Para los clásicos, había más grandeza en enseñar que en gobernar. Sabían que la educación es, más que ningún otro oficio, el territorio donde soñamos y creamos el futuro. Una profesión que merece el más alto prestigio y la mayor gratitud. Deberíamos preguntarnos qué valoramos más como sociedad, quiénes son encumbrados por la fama y los medios. Las etimologías responden: pasar de un ministerio a una escuela supone un ascenso.

Criticón

Si algo falla, ¿por qué será que sentimos alivio y una súbita recomposición del orden del mundo cuando le echamos la culpa a otro? No éramos nosotros, eran los demás los que estaban equivocados, los torpes o ineptos, pensamos. Pero esta técnica para apaciguarnos a nosotros mismos se llega a convertir en una gran lacra. A fuerza de pedir cuentas a los demás, nos olvidamos de la elemental aritmética de los errores propios.

Los antiguos griegos creían en la existencia de un dios llamado Momo que no hacía nada más que criticar a los otros dioses y a los hombres. Sus actividades consistían únicamente en encontrar faltas. Momo era un hijo de la Noche, la personificación del negro impulso de atacar al prójimo que anida en todos nosotros. Siglos después, el escritor Baltasar Gracián creyó que esta inquietante figura de la religión antigua servía para explicar la vida, así que lo hizo aparecer como personaje en un episodio de su obra *El Criticón*. Lo representaba lanzando piedras en un mundo en el que los tejados de todas las casas eran de un vidrio tan delicado como sencillo, muy brillantes, pero muy quebradizos. Debido al pedrisco continuo que Momo provocaba y a la fragilidad material de las guaridas humanas, pocos tenían sobre su cabeza un techo sano y ninguno entero.

Como los habitantes de la ciudad cristalina de la que hablaba Gracián, también nosotros nos resentimos de las pedradas que recibimos, pero consideramos muy justas las que lanzamos. En nuestro vocabulario, *criticar* es un verbo de conjugación irregular, varía con la persona: yo atino, tú criticas, él insulta.

Torcer las palabras

Las crisis son el resultado de los periodos en los que vivimos de realidades falsas y abusamos del lenguaje. Vienen a continuación de esas épocas en las cuales creemos vivir en el país donde uno se hace rico más rápidamente gracias a la audacia. Épocas en las que la credulidad y la euforia económica erosionan el sentido de las palabras mismas.

Hace ya más de veinticinco siglos, el historiador ateniense Tucídides observó que la manera de emplear ciertos términos permite diagnosticar el estado de salud colectivo. Pensaba que las sociedades se están descomponiendo sin saberlo cuando empiezan a llamar «emprendedores» a los que son audaces de una manera irreflexiva. Cuando se convencen de que cualquier forma de moderación es el disfraz de la cobardía. Cuando afirman que quien se para a deliberar solo está buscando pretextos para no actuar. Deberíamos ser conscientes de que el peligro acecha precisamente en los momentos de las mayores ganancias, porque se fomenta la avidez y se desacredita la prudencia. Tucídides, que era un analista clarividente, resumió este proceso en una frase de absoluta vigencia actual: «En efecto, la mayoría de los hombres prefieren que se les llame "hábiles" por ser unos canallas a que se les considere necios siendo honrados: de esto último se avergüenzan, de lo otro se enorgullecen». Si podemos sacar alguna lección del presente es la necesidad de proteger la robustez de ciertas palabras. Porque, en cuanto bajamos la guardia, las palabras se pueden convertir en la ganzúa con la que algunos fuerzan las cajas de caudales ajenas hasta vaciarlas.

Bueno lo malo

Hay que reconocer que en la vida nos suceden cosas malas y buenas y, lo que es más curioso, unas a causa de las otras. Opinar sobre nuestra suerte resulta complicado. Podemos quedarnos desolados por perder un avión que después se estrellará. O sufrir un gran contratiempo sin el cual no habríamos conocido a una persona luego indispensable. Entre los antiguos griegos había un grupo de filósofos, los escépticos, que nunca se pronunciaban por pensar que lo que parece un mal bien podría ser todo lo contrario. Dudar era para ellos la clave de la tranquilidad porque aminoraba el miedo y las preocupaciones. En un cuento de la antigua China encontramos un perfecto ejemplo de esta serenidad escéptica. Un campesino se gastó en una yegua los ahorros de toda su vida y algún tiempo después comprobó que se había escapado del establo. «Cuando el sol se nubla, es anuncio de lluvias vivificantes. Ya veremos», se dijo. Pasados varios meses, la valiosa yegua volvió, preñada y seguida por un magnífico semental salvaje. El campesino, ahora propietario de tres caballos, opinó: «La lluvia a veces nutre los campos, pero otras veces es devastadora. Esperemos». El hijo único del campesino se empeñó en domar al semental. Sufrió una caída y quedó lisiado. «Nunca se sabe si nos vienen calamidades o bendiciones», pensó el campesino. Unos años más tarde estalló una guerra y los jóvenes sanos fueron movilizados. El hijo del campesino se libró de la masacre.

Para un escéptico, la desgracia no es más que una aleación de la mejor fortuna y en cambio puede resultar duro recuperarse de la buena suerte.

Sabiduría comprimida

Tenemos prisa y por eso nos seduce la brevedad. Nada más acorde a nuestros tiempos que la sabiduría portátil de las máximas. Tienen la duración exacta del breve lapso de nuestra atención disponible. Pretenden condensar una enciclopedia en una frase, son dosis asimilables de meditación, el equipaje de mano de la mente. Nos rodean discretamente en la vida cotidiana: figuran en el encabezamiento de los periódicos, en calendarios y agendas, circulan por la red, se editan bajo la forma de colecciones.

En el Egipto de los faraones, las máximas eran el género literario por excelencia. Los libros más codiciados eran manuales de instrucciones para la vida, donde se recopilaban series de consejos que habían de servir a los jóvenes para orientarse en el desconcertante mundo de la vida adulta, cuando se presenta la ineludible necesidad de tomar decisiones. En las máximas que hemos podido recuperar brilla el colorido del país del Nilo: «Cuando el cocodrilo emerge se conoce su longitud». También los siete sabios de Grecia expresaban sus enseñanzas con dichos concisos: «Reconoce la ocasión»; «Huye del placer que causa pesar»; «Convence con buenas razones»; «Conócete a ti mismo».

Homenajeando a la Antigüedad, Baltasar Gracián inventó un título de sabor moderno, *Oráculo manual,* para su guía del vivir inteligente. Allí escribió el elogio más conocido y definitivo de las máximas: «La brevedad es lisonjera y más negociante; gana por lo cortés lo que pierde por lo corto. Lo bueno, si breve, dos veces bueno; y aun lo malo, si poco, no tan malo. Lo bien dicho se dice presto». Las máximas nos gustan porque son mínimas.

Malentendidos

Con frecuencia interpretamos en clave propia a los demás, de forma que muchas de nuestras discusiones son una pugna entre un par de malentendidos de los que ni siquiera llegamos a darnos cuenta. Es lo que enseña un cuento relatado en el *Libro de buen amor.* En tiempos remotos, los romanos no tenían leyes y solicitaron a los griegos consultar las suyas para inspirarse. Estos aceptaron con una condición: los romanos tendrían que probar primero su buen juicio debatiendo con un sabio. Para salvar la barrera lingüística, decidieron discutir por señas. El doctor griego abrió el diálogo levantando el dedo índice y el representante romano alzó tres dedos. A continuación, el griego mostró la palma de su mano y el romano adelantó el puño. Entonces el sabio griego palmeó la espalda de su interlocutor, entregándole un ejemplar de sus leyes. «Dije que hay un solo Dios —explicó el doctor a sus colegas— y él respondió que son tres personas. Con la palma de mi mano le di a entender que Su Voluntad todo lo dirige y con su puño él contestó que tiene en su poder el mundo. Era un hombre sutil». «Me dijo que con un dedo me iba a sacar un ojo —explicó el romano a los otros miembros de la delegación— y yo con tres dedos le apunté a ambos ojos y a los dientes. Extendió la palma avisando que me apalearía hasta que me repicasen los oídos y yo lo amenacé con un puñetazo. Era un cobarde».

Conviene explicarse bien y escuchar con sumo cuidado, porque a menudo ponemos a la realidad el rostro de nuestras ideas. Ya decía Anaïs Nin que no comprendemos las cosas tal y como son, sino tal y como somos.

Juego de balón

Si estamos demasiado concentrados y ansiosos por conseguir el éxito, si convertimos todo en una cuestión de intensidad y de músculos tensos, nos faltará eficacia. Hace falta velar sin angustia por nuestros asuntos. Veinte siglos antes de nosotros, el filósofo Epicteto equiparó el arte de vivir con un deporte de balón. Trazó esta imagen para intentar aclarar cómo deben coexistir en nosotros la magnanimidad y el cuidado. De lo que nos atañe, decía Epicteto, hay que ocuparse con interés, pero a la vez con equilibrio y serenidad. Eso es lo que hacen los que juegan bien a la pelota: a ninguno de ellos les importa la pelota como bien o como mal, les importa tirarla y recibirla. Ahí residen la armonía, la rapidez, la maestría. Pero, si la cogemos o la tiramos con inquietud y miedo, ¿qué juego va a haber, quién mantendrá la calma, cómo va uno a ver la continuación de la jugada? Uno gritará: «¡Tira!», «¡No tires!»; otro, «¡No tires alto!». Eso es una pelea y no un juego. Así, en nuestras tareas deberíamos tener el anhelo de perfección del más hábil jugador y al mismo tiempo cierta dosis de indiferencia como la que tendríamos por la pelota.

Un exagerado afán puede acabar corrompiendo lo que un día amábamos hacer. Según un proverbio oriental, cuando un arquero dispara una flecha por puro placer, mantiene toda su habilidad. Cuando compite esperando ganar una hebilla de bronce, lo devora el nerviosismo. Pero, cuando aspira a la medalla de oro, se trastorna y pierde la mitad de su destreza, pues ya no ve un blanco, sino dos. La intensidad de la ambición se podría medir en dioptrías.

Bocas sin cerrojo

Un pelma es la persona que considera un derroche tener dos orejas y solo una boca, nos dice Plutarco. Cuando le ven llegar, los que lo conocen se callan para no ofrecerle ningún asidero. A pesar de todo, él no se rinde: te retiene, te da palmadas en la espalda o te hunde las costillas con la mano. Se cree gracioso y habla sin parar. Todos hemos sufrido uno de esos ataques agotadores, culpándonos por no ser capaces de liberarnos y llegando a pensar que los buenos modales nunca quedan impunes. El poeta Horacio lo contó en una sátira.

Horacio pasea un buen día por Roma cuando lo saluda y lo aborda un tipo al que solo conoce de nombre. Después de intercambiar un par de frases de cortesía, Horacio intenta escapar. Echa a andar y acelera el paso, pero no consigue quitárselo de encima. Un sudor frío lo empapa mientras el otro charla a su gusto. Horacio comprende que necesita audacia. «No quiero que te canses. Voy a visitar a un amigo que vive lejos, al otro lado del río», dice, improvisando una mentira. «Bah, tengo tiempo, te acompaño». Ahora Horacio se ha condenado a dar un larguísimo paseo escoltado por el charlatán. El tipo vuelve a la carga, dando detalladas explicaciones sobre sí mismo y exponiendo sus opiniones. Horacio agacha la cabeza y reflexiona para sus adentros que un pesado puede ser causa de defunción. Le viene entonces a la mente un recuerdo. Años atrás, una adivina le advirtió que no moriría de enfermedad ni envenenado ni apuñalado, sino que un pelma acabaría con él. Y en ese momento le parece más peligroso un conocido pesado que un asesino razonable.

Aguafiestas

Siglos de evolución nos han dejado una herencia envenenada. Según los neurólogos, nuestro cerebro se concentra en los aspectos hostiles de cada situación y relega a un distante segundo plano los alicientes más placenteros. Es lógico. Podríamos subsistir sin gozar, pero en cambio sería mortal ignorar las amenazas. La selección ha favorecido a los más aptos para sobrevivir, no a los más propensos a ser felices.

Cualquier contrariedad nos amarga el disfrute de nuestras ventajas, como le sucedía en un antiguo cuento chino a un cantero a quien se le hacían realidad todos sus deseos. Primero anheló transformarse en un rico comerciante. Por arte de magia, su súplica fue atendida. Sin embargo, viendo pasar la escolta de un alto dignatario, lamentó no haber aspirado a prefecto. Lo fue en el acto, pero en breve lo destinaron a una remota provincia. Entonces envidió al emperador y sin demora ocupó el trono. Poco después una sequía asoló el país, probando el soberbio poder del sol. El cantero quiso transformarse en el astro rey y también se le concedió. Pudo admirar el incomparable espectáculo del mundo hasta que unas nubes se interpusieron. Incapaz de soportar que le cegaran, prefirió ser nube y el cambio no se hizo esperar. Pero entonces un soplo de aire lo deshilachó, así que suplicó volverse viento. Azotó el campo con fuerza huracanada, pero se estrelló contra una montaña. Soñó con ser un pico altivo y lo obtuvo. Cuando creía haber alcanzado la felicidad máxima, notó que un cantero le atormentaba con su mazo y añoró su antigua vida. Todos somos así: nos fijamos mejor en lo peor.

La ciencia del placer

En la vida intentamos disfrutar lo más posible y, sobre todo, lo mejor posible. El placer necesita aliarse con la inteligencia, que decide cómo y dónde buscarlo. A partir de esta idea, el epicureísmo de los antiguos griegos inventó la ciencia de gozar.

En nuestro lenguaje actual, un epicúreo es un amante del lujo, alguien con paladar refinado, heredero del filósofo Epicuro, que hace alrededor de veinticinco siglos escribió: «El placer es el principio y el final de una vida feliz». Pero Epicuro aspiraba solo al disfrute sano y pensaba que la sensatez forma parte de las estrategias del goce. Aconsejaba guiarse siempre por lo que llamó «cálculo hedonista». Consistía en hacer balance rechazando los placeres que a la larga traen sufrimiento y aceptando los dolores que nos evitan daños mayores. Además, el verdadero placer es, en su opinión, entrega voluntaria, no compulsión. Creía que conviene llegar a la satisfacción de los deseos sin caer en el consumo codicioso, porque codiciar nos deja siempre deseando una sensación más, un estímulo nuevo. Todo este saber se resume en no dejar que los placeres sean nuestros carceleros, en disfrutarlos, pero disfrutar todavía más nuestra libertad al no ser adictos. O, lo que es lo mismo, beber sin alcoholizarnos, comprar sin endeudarnos, comer sin hartarnos. Epicuro recomendaba ser capaces de abandonar a tiempo para no convertirnos en prisioneros o víctimas: hay que parar antes de no poder parar. No es una cuestión de templanza, sino de independencia. Como dirían los auténticos epicúreos, tómate la libertad de poner límites.

Sestear

Exportamos palabras. Nuestra lengua tiene eco en otras lenguas. Hay términos españoles que se han instalado en idiomas extranjeros, por ejemplo *guerrilla, guerrillero, intransigente* o la expresión *quinta columna*. Una contribución más plácida es *siesta,* que se emplea en inglés y se comprende a lo largo y ancho del mundo. La expresión remonta a la hora sexta de los antiguos romanos, la más cálida del día, la de la verticalidad solar y la desaparición de las sombras. Porque en Roma se dividía la jornada diurna en doce horas entre el amanecer y el crepúsculo. Según la estación eran más largas o más cortas, no tenían una duración inmutable, consignaban la presencia o la ausencia de luz. Ahí tuvo su origen el verbo *sextear* o *guardar la sexta,* que después se transformó en *sestear* o *guardar la siesta.*

En los veranos meridionales, la siesta coincide con el momento en el que se busca refugio, en el que nada se mueve, en el que hasta los pájaros callan y el mar no chapotea porque se vuelve metálico bajo el peso del cielo. El calor adormece, trae ensoñaciones, pero provoca a la vez una brusca tensión de los sentidos. Por eso, los poetas romanos exploraron los placeres de esta pereza fogosa. Hasta entonces, el territorio de los amantes había sido la noche, pero Catulo y Ovidio aconsejaron la atmósfera envolvente de la penumbra cuando la luz es cegadora en el exterior. Para ellos, la iluminación más bella para el amor es esa sugerente medialuz, nacida de los rayos que se filtran por las rendijas de las persianas, nítidos, con polvo dorado bailando en su interior.

La voz del silencio

¿Por qué no os calláis? Así nos retaría hoy Baltasar Gracián. Para él, el silencio, tanto o más que las palabras, es el hábitat de la inteligencia. En prudente silencio captamos las pasiones del prójimo y averiguamos cómo tratar a cada uno. Pero, además de un acto de control y de astucia, el silencio representa una bienvenida, pues abre espacio para que los demás se manifiesten y se cobijen en él. Atentos y silenciosos, les demostramos que entendemos. Más aún: en un mundo vociferante, el silencio, renunciando a la violencia del grito, adquiere voz propia y puede levantar incluso un mudo clamor de protesta o de rebelión. Precisamente porque el lenguaje existe, elegir callar significa algo, es una libre abstención que deja paso a la elocuencia del cuerpo, como la llamó Cicerón. Los ojos, la frente, los pómulos saben hablar quedamente y así se expresa el carácter, porque cada persona guarda silencio a su manera. Pablo Neruda escribió a su amada: «Me gustas cuando callas». Y continuó: «Parece que los ojos se te hubieran volado y parece que un beso te cerrara la boca. Déjame que me calle con el silencio tuyo. Déjame que te hable también con tu silencio, claro como una lámpara, simple como un anillo. Eres como la noche, callada y constelada». Y es que hay maneras de callar con un corazón hospitalario.

Una antigua leyenda cuenta que, cuando un ser humano va a venir al mundo, Dios le pone el índice sobre los labios. Así se explica el pequeño surco que tenemos entre la nariz y la boca: es la impronta dejada por esa primera iniciación al silencio mientras esperamos nacer.

La huida

Una familia debe huir de su país natal para escapar a las matanzas desencadenadas por un gobernante tiránico. Marchan con las manos vacías, oscilando entre el miedo y la esperanza. Les aguarda un viaje azaroso, tierras y lenguas desconocidas y la incierta tarea de recomponer sus vidas en el extranjero. La mujer acaba de dar a luz, el niño es apenas un bebé y el hombre se siente viejo ante la aventura. Podría ser la historia de una pareja de refugiados de nuestros días, pero la escena pertenece al relato bíblico.

El Evangelio de Mateo describe a esa familia amenazada por el peligro huyendo precipitadamente a Egipto para salvar la vida de su hijo único, cuando el rey Herodes el Grande ordena matar a todos los niños menores de dos años. Mateo cuenta que permanecieron en el país del Nilo hasta la muerte de Herodes, pero nada dice sobre su estancia allí. No sabemos si fueron bien acogidos o sufrieron rechazo por su origen y su religión, si los acusaron de robar el trabajo a los egipcios. Ignoramos las penurias que soportaron o la ayuda que tal vez recibieron. Quizá convendría recordar que Jesús nació durante un viaje, que fue un joven emigrante y su suerte dependió del trato reservado a los extranjeros. En Navidad celebramos el nacimiento de un niño que ya desde sus primeros pasos tuvo que hacer frente a las penalidades de la huida, el exilio y el asilo.

Volver a Bílbilis

Marcial llevaba más de treinta años lejos de Hispania. De pronto cayó en desgracia. Hubo un vuelco en el poder, empezó una nueva dinastía de emperadores y los protectores de Marcial perdieron su influencia, cuando no la vida. Parecía sensato buscar refugio en su lugar natal, así que Marcial se embarcó, navegó hasta la costa de Tarragona, alquiló un carro y en la quinta jornada volvió a ver la alta Bílbilis y los tejados inclinados de su patria, según nos cuenta. Mientras estaba en Roma, le irritaban la vida artificial y la hipocresía que observaba a su alrededor. Estaba harto de halagar a los poderosos. Entonces la nostalgia le dictaba poemas en los que enumeraba los ásperos nombres de su tierra. Evocaba Bílbilis en el escarpado monte que rodea el río Salón (Jalón), el viejo Cayo (Moncayo) con sus nieves, el bosque del delicioso Boterdo (Campiel). Le venían a la mente imágenes infantiles: cuando cruzaba a nado la tibia corriente del Congedo (Alhama) y sobre su cabeza las sombras de los árboles mitigaban los veranos sin nubes.

A su regreso tuvo suerte. Una viuda rica llamada Marcela, admiradora de sus versos, le regaló una finca con su huerto, su palomar, sus vides y su arboleda. Marcial compró esclavos para que se ocupasen del trabajo y empezó a llevar una vida indolente. Dormía mucho y comía en una mesa repleta. Pero dejó de escribir. No conseguía ser tan incisivo como en Roma. Empezó a añorar las termas, el teatro, las reuniones, la agudeza de su círculo social, los placeres y el bullicio de la capital. Sucede a menudo: la vida que queremos es la que no llevamos.

Presencias reales

Los muertos se aparecen. Caminando distraídos por la calle, de golpe creemos distinguir su figura, a lo lejos, entre la gente. En casa, cuando oímos unos pasos o una llave hurgando en la cerradura, levantamos la cabeza creyendo que regresan. Mientras dormimos, se pasean por nuestros sueños, donde la muerte no tiene dominio. Olvidado en un cajón o entre las páginas de un libro, encontramos sin esperarlo un papel escrito por su mano, que nos habla atravesando largas distancias de silencio. Durante un instante, los sentimos cerca y otra vez nos los arrancan.

Entre los antiguos romanos existía un género literario especial, las consolaciones, para ser leídas en el tiempo del duelo. Séneca escribió dos consolaciones muy íntimas, en primera persona. Esos textos trazan un mapa del dolor, donde todos nos reconocemos; pero del fondo de la pena emerge un pensamiento limpio de angustia: morir es muy distinto de no haber vivido. Los muertos no desaparecen del mundo, impregnan el futuro a través de la gente en la que influyeron mientras estaban vivos. Lo más conmovedor es que Séneca no está hablando de los emperadores enterrados en mausoleos de mármol, sino de aquellos que dejaron huella en su pequeño entorno. Porque lo que somos y seremos se debe en gran parte a personas que llevaron vidas escondidas y descansan en tumbas que ningún turista va a visitar.

3 - Irene Vallejo

BIOBIBLIOGRAFÍA

Foto: Jorge Fuembuena

Irene Vallejo
(Zaragoza, 1979)

Atraída desde la infancia por las leyendas de Grecia y Roma, **Irene Vallejo** (Zaragoza, 1979) estudió Filología Clásica y obtuvo el Doctorado Europeo por las Universidades de Zaragoza y Florencia. En las bibliotecas florentinas nació su ensayo *El infinito en un junco* (2019), que ha recibido una extraordinaria acogida entre crítica y lectores, convertido ya en un éxito internacional. Además de galardones internacionales como el Prix Livre de Poche en Francia, el Premio Wenjin de la Biblioteca Nacional de China, finalista del British Academy Prize o el Premio Henríquez Ureña de la Academia Mexicana, ha sido reconocido en España con el Premio Nacional de Ensayo, el Premio Ojo Crítico de Narrativa, el Premio del Gremio de Librerías, el de las Librerías de Madrid, el galardón Líder Humanista, el Premio José Antonio Labordeta, el Premio Antonio Sancha de los Editores, el Premio Artes y Letras, así como el Premio Aragón 2021, entre otros. El fenómeno editorial ha superado las sesenta ediciones en España, se traduce a cuarenta idiomas y se publica en más de sesenta países.

Colabora con prestigiosos medios como *El País* o la Cadena Ser en España, *Milenio* en México, *Corriere della Sera* en Italia, *Página 12* en Argentina, *La Tercera* en Chile y *El Espectador* en Colombia. Ha publicado las antologías de artículos *Alguien habló de nosotros* (2017) y *El futuro recordado* (2020), y ensayos breves como el *Manifiesto por la lectura* (2020). Entre sus obras de ficción, destacan *La luz sepultada* (2011) y *El silbido del arquero* (2015), peculiar novela histórica con ecos homéricos y virgilianos, también traducida a numerosos idiomas. Ha publicado dos álbumes ilustrados: *El inventor de viajes* (2014), junto al artista José Luis Cano, y *La leyenda de las mareas mansas* (2023), con la pintora Lina Vila, acercando las leyendas clásicas a los lectores jóvenes. Colabora con proyectos sociales como «Érase una voz», que recrea la literatura en los hospitales infantiles, «Motete» en el Chocó (Colombia) o «Leer» en Salta (Argentina).

Índice

Este libro,
Jinetes del cierzo
de Irene Vallejo Moreu,
Premio de las Letras Aragonesas 2023,
se acabó de imprimir el
día 31 de mayo de 2024,
con motivo de la concesión del citado premio,
en los talleres de
INO Reproducciones de
Zaragoza